JN096794

歌集

奈良彦

櫟原聰

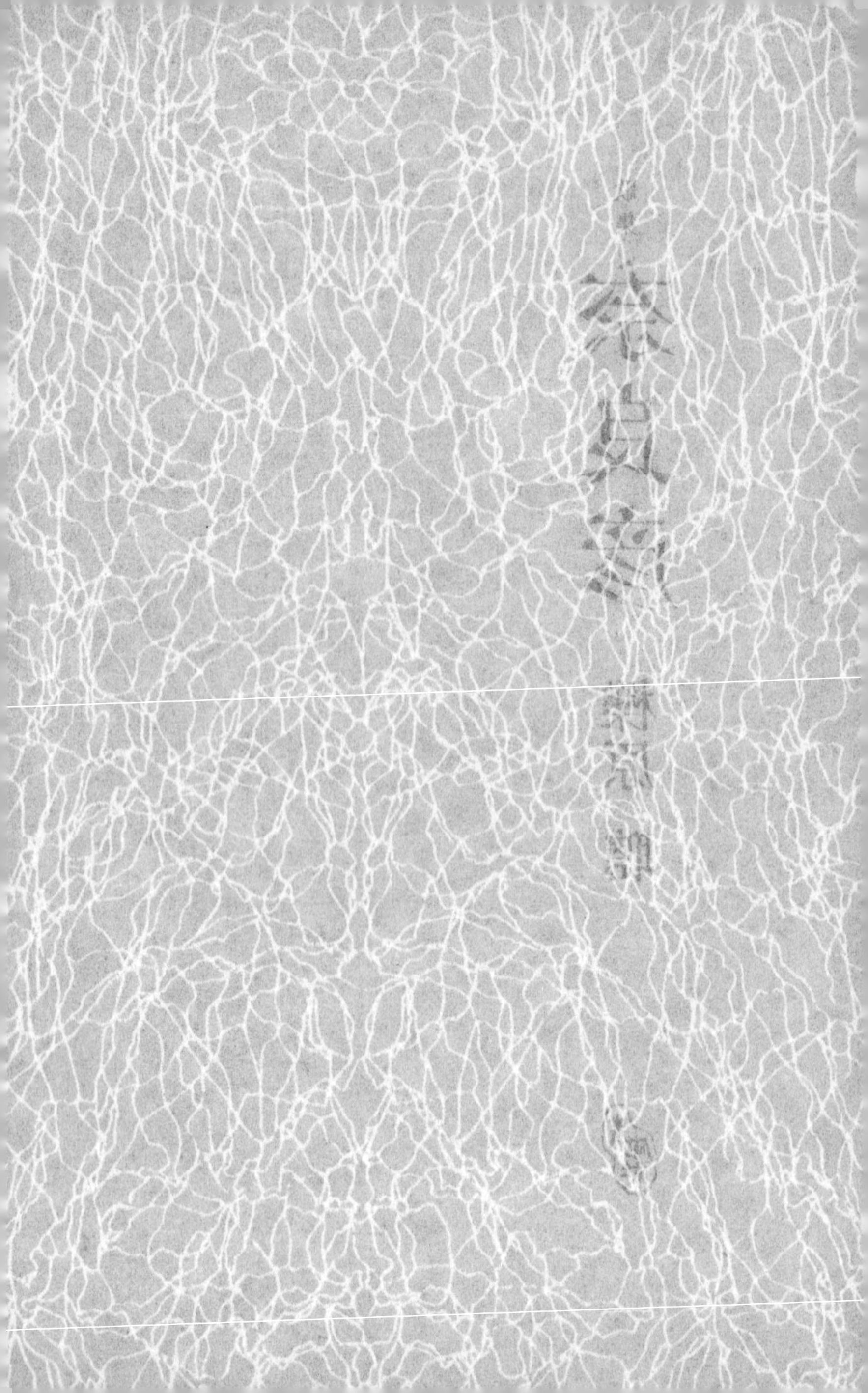

奈良彦*目次

充ちて帰る　冬

春

奈良の火

奈良彦

櫟原聰歌集

奈良彦

充ちて帰る　冬

少年となり行く人

少年となり行く人に触れながら樹のほのかなる香りを聞けり

短き歌は雪握りしむるごとく消え手に残りたり人の温みは

しつかりと母の体軀を支へ来たる腰砕かれて冬去りゆかむ

窓外に聞きゐし雨もいつの間に絶ゆやと思(も)へば雪となりたり

寒冴ゆる裏参道は人気なく木の葉の音の響く静けさ

雪となる窓のしづけさ見下ろせば道を歩める人のしづけさ

見送られ宿を出づればば山峡のいで湯の里に冬の虹立つ

裏道に花あるごとし見えざれば雪降り来る路地といふべし

風雪に耐へて来たれる南大門空を仰ぎてそそり立つ見ゆ

石川の貝に交じりて死にしとふ虚構の中の人麿あはれ

ふきのたう

寒土を割りて出でくるふきのたうそのさみどりにしたたかさ秘め

大山の雪解け水にころげ来し無数の石を積みて拝（をろが）む

心地良き線路の響きに身をまかせ老いも若きも眠りに酔へり

空の青と連翹の木の間(あひ)をゆくひとひらの雲あくまで白し

白壁に柳の映ゆる街並みを土踏まず柔く人らゆき交ふ

夕映えは波を打ち上げちりばめて一日をゆつたり祓ひて消えぬ

枯れ芝の底ひに草の芽ぐみゆくゆるやかにこころふとりゆく日を

長堤を黄に染めあげし菜の花も終はりて深き草生となりぬ

春

風越

花の言葉聴くここちするみ吉野の吉野の家の漂ふ朝明（あさけ）

仏には桜の花を奉れ樹下山人忌迎ふる朝(あした)

風越(かざごえ)の峠を越えて行きしかばいま幾たびの春に会ふべき

み吉野の吉野の川の常滑の肌のやはさに夜は深みゆく

樹下山人いづこにあらむみ吉野の桜のもとにしばし休らふ

いま幾たびの春とふ人に言問はむ春幾たびの花を見て来しや

大空に霞わたせるさくらさくらの雲に大和の春は来にけり

しぶき上げ勢ひ落つる滝のごとし氷室神社のしだれ桜は

春雨にぬれし花びら肩にのせ通夜の参列枝くぐりゆく

始まりは吉野の山の飛花落花愛するといふことの豊かさ

飛花落花最後の恋に落ちにけり激しきものに突き上げられて

春来る大和

春来る朝（あした）の原を見てをれば大和三山ほの青くあり

春雨の降り初めし夕濡れながら物語りする庭の連翹

のどかにもやがてなりゆく世の中かさはあらざれど生駒嶺に春

巻向の檜原の山の麓へと春歩み来る霞とともに

百千鳥声のびやかな春となり山の辺の道歩みゆくなり

花よいかに世はなりゆかむ自爆とふ花裂くならむ中東の春

さねさし相模を過ぎてつぎねふ山背に着く大和人われは

夕暮れ宇宙

うるはしきディスタンス保ち鴛二つゐたり池の面漣たちて

ディスタンス保ちながらのダンスかなをしくるくると互ひをめぐり

距離とりてしづかにゐたる二人かなかのほほゑみは謎のままにて

しづかさは互みにくれてゆく距離の鴛のはねの上ほの明るみて

苦しみはくれゆくことに距離とりて二人見つむる夕焼けの空

戻らざる時のかなたに距離といふバリアによりて隔てられたり

古都の町にだれもをらずに鹿ばかり草はみてゐる夕暮れ宇宙

距離とりてほほゑみてゐる二人かな手をさしのべて摑まむとすれど

距離とりて語らふわれら日本人むきなるかハグもせざれば

時を経てこころの距離を生みにけりどこにも行けずゐるといふこと

春霞

最終の客となりゐる峡（かひ）の夜のバスが曲がれば朧月見ゆ

由良川の水満々と春の日の光とともに海に注ぎぬ

白花の曠野に淡きおもひひとつ置き去りにする行脚の僧は
托鉢の途次の夕焼け白花の曠野を茜に染めてゆきたり
ゆるやかにコーランの音を流しつつメッカに向かひ伏し祈る民

若葉風木の揺れよりもゆつたりと散歩の犬の尻尾がゆれる

うらやすにうすむらさきのふさふさと藤にほひたる春日神境

倒れたる櫟の巨木は新しき幹を立たせて甦りたり

奈良の火

死者の火

日本語の底荷としての短歌とぞ上田三四二の言葉沁み来る

日本語の底荷の重さ軽々と越えてゆくなり若人の歌

死者の火を継がむかわれも和歌彦の声を聴かむか月照りわたる

デパートの奥の夕暮れ雪降れば過去世のわれもともに見てをり

この尾根の無言合唱吹き抜ける風に身を立て聴く死者の声

地球いたくさやぎてありなり古事記風に書いてはみたがやはり嵐は

泥の中の蓮をし見れば泥こそは花を咲かする基(もとゐ)にあらむ

三畳紀落ちつくわれは三畳の書斎に籠もりもの書くならむ

好色の巫女の福笹身に受けて厳かなるわが春のはじまり

牛小屋に牛をらずして春深し何を捜して来しわれなるか

金魚池に稚魚つぎつぎに流れゆき春は小さな川となりたり

花待つ朝

空もにほへ春花ざかり古歌にいふ花は老いこそさかりなりとぞ

空ぞはつかに曇りわたれる春の日や花曇りとは釈迦の誕生日

母　に

長くながく片耳のみに生き来しがその片耳も聞こえずなりぬ

膝に人工関節埋めてのそりのそり歩める母にもの言ふわれか

足病みて来し母なれど聞こえざる耳とふもありわれいかにせむ

介護の日々

何か哲学、何か文学、何か何かなんにもないぞ介護の日々は
生活に追はるる日々と言ふべしやすべてがあるぞ介護の日々に

記さむか家持のごとき歌日記日々の思ひ出残さむために

ほたほたとしづくするなり沈（しづ）くなり落ちゆくわれも銀河の雫

ほたほたとしづくするなり沈（しづ）くなり春の星女を呼びて眺むる

奈良彦

大仏殿参道にて

かつてわれらこの参道を走りたり東大寺学園のマラソンコース

インバウンドの外国人らも行き交へる大仏殿の前の参道

中国語も韓国語もありフランス語も東北弁また九州弁も

奈良大和天平の世に栄えたり異国人多く来て歌ひたる

大屋根よりの散華のひかり、鴟尾放光と清水師の言ひし大空のひかり

まぼろしのツインタワーの西塔と東塔百メートルに聳えたりとぞ

天平の代もかくのごときか外国人多く行き交へる寺の境内

伎楽面に往時を偲ぶペルシャよりも来てゐたりしよ奈良の都に

子を亡くしし悲しみ深き聖武天皇光明皇后大き仏を作らむとせり

何ゆゑに大き仏を作らむとせしか疫病天災のためか

民のために大き仏を作らむとせしや亡き子の鎮魂もありて

行基らも活動したり行き交へる異国人らと交流しつつ

聖武行基菩提僊那（ぼだいせんな）や良弁と東大寺なる空間に集ふ

俊乗坊重源建てし大湯屋の湯船に浸かり疲れを癒す

開眼は厳かなりけむ昭和には大修理法要の歌声響き

大仏は太陽のほとけ大きほとけ作らむとせし天皇あはれ

全身全霊打ち込めるこそ象徴の務めと言はる天皇なれば

太陽を御堂の中に閉ぢ込めて東大寺あり奈良の千年

時鳥

ほととぎす平城京を鳴き渡り大津皇子の死はこだませり

コスミックアニミズムとは宇宙的花鳥風月われを行かしむ

音沈黙と測りあふ音武満の思ひの中のサウンドオブサイレンス

行基菩薩

私度僧と蔑まれたる行基なれど大仏建立の立役者なり

蔑むは褒むるに似たり異常なる力をもちて大仏をなす

あさぼらけ行基に頼る聖武帝大仏の目を描きたる皇后

大仏は何度も炎の中にありてひとびとの願を受け止め来たる

行基菩薩立像となり近鉄の奈良駅にしてわれらを見たり

生駒嶺のふもとの寺に安置され静かに眠る行基のまなこ

南都七大寺

和辻哲郎に『古寺巡礼』を書かせたる唐招提寺もありて楽しき

薬師如来の体軀のよさや日光も月光もしなやかに菩薩なりけり

南大門にわれの油もしみ込みて聳え立つなり千年のわれ

大仏殿前にて歌へ声高く東大寺学園みどり幼稚園

奈良駅に行基の像は前向きて大仏殿をしかと見守る

薬師寺

フェノロサの凍れる音楽東塔の白鳳様式裳層(もこし)の古式

いかにいかに薬師三尊日光も月光菩薩も秋篠寺におはすも

吉野山中

杉山は雲湧き出づる野迫川のうねうねとして春来たりけり

水中も霞めるごとき丹生川上大社にあした白き馬あり

春めける闇の最中にあり立たす君の姿か吉野山中

春の星ふくらむ夜のわがことば吉野の山にひとりしはぶく

大降りの雨の大和に春は来ぬ赤く灯れる夕焼け見えず

御田植の神事の吉野田男が鍬、鋤ゆるりゆるりと使ふ

田男に連れられ牛が歩みます笑ひの中に進みゆく神事

長谷・室生

室生寺は山中の寺、女人高野、風の音川水の音樹木の深さ

長谷寺は長い回廊登り廊、隠国泊瀬（こもりくはつせ）の山中の舞台

長谷寺の観音菩薩霊験のあらたかなれば双の手あはす

式部にも清少納言も孝標の女(むすめ)も道綱の母にも愛されき

長谷寺の現世利益観音のありがたきかな病気平癒の

宿世宿題

家を建て子供を育て親を看(み)てさていづこへとゆかむとすらむ

前向きに生きてゆくとはいかなるか樹の直(すぐ)立ちの下に嘆くも

宿題を果たしたるのち遊ばむと外へ出たれど身体動かず

書を読むを文章書くを生業(なりはひ)となしてきたるか宿世のごとく

いち人を幸せにすることもせず情けなしいま宿題だらけ

古へゆさやけく負ひて来し名こそわれをほろぼす宿題ならむ

鎌倉の時代に生ひて櫟原（いちはら）に住みにし父祖の宿題かわれは

難波辺

父はいかなる楽しみもちて難波辺に子供時代を過ごしたりしや

平野とふ大念仏の故郷を山越えてもつも楽しきかなや

大和辺に難波のことを偲ぶとき都うつりといふもありたり

しらしらと青花流る波の上に散骨といふ君のすがしさ

学生時代

人類の歴史は戦争の歴史にて戦ふはわれにありわれにありと

いづこにも豊かな腕は蔵はれて抱かむとする恋せよ女

思ひ出に浸るもよしと言ひながら母の背中をさすりてゐたり

オホゲツヒメならざる君の豊かさよほとにみほとけ生まれましにき

ヤスパース・リルケにキーツ学生時代懐かしむとは老いにけらしな

ユングにも心ひかれてゐたりけり唐木順三・折口信夫にも

道元・宣長読みはじめたり静雄・賢治読み返したり大学の辺に

日本語のために闘はむとすドンキホーテわがうちにゐて闘ふか今も

世を捨てて入りにし道の言の葉は桜の色の濃き西行よ

われやかはりて泣かむとすらむ西行のうぐひす詠にまねびてわれも

ハロウィンのとんがり帽子被りたる子供らのため太れよ日本

欧文脈はびこりてをり日本語に主語ありかつて主語なきものを

正法眼蔵と古事記伝読む雨の日の街の夕暮れ夜のことぶれ

古事記伝読み進めたる日の暮れに言葉の海は波立ちてをり

歌の行方

韻律の野に縹渺と風は立ち歌の行方を問はむか君と

ゆるやかに家壊しゆく日没の工事の車去りてゆきたり

歌学びせるうたびとともにある幸ひ世界へ歌ひ出さむか

日本の歌とは何か日本の韻律つひに音数の律

つづまりは三十一文字の中にあるひびきこだまぞ日本語論

沈黙とひびきあふうた歌はむと思へど遠し海峡の間に

流麗な筆の運びに魅せられて古文書の文字読み進めゆく

歌謡歌

秋の日の日暮れは早し君に問ふきみなきあとをいかに生きなむ

と揺りから揺り揺られ歩けばしんとろりしんとろり秋の日暮れは近し

会ふといふ時間の深さ刻みをり夕暮れなせる君の横顔

幽冥の境なくなる夕まぐれ生駒嶺に入る叫びと黙し

木の呰

山深く絡みつく根の木の呰、踏みしめ登る風の頂上(いただき)

かなはない木の根に人は立ちつくしただ年輪を思ひゐるのみ

木の呰、強き根の声聴きながら登るひたすら頂きへ人

教員は励まし係、励まし屋、まして病の児ぞいとほしき

明らかに君はいませり木洩れ日の檜の森をひとりし行けば

あさつゆの命なりけりさにつらふをとめぬばたまの夢にし見たり

存在とは誤謬であるか否や否幻なればまことなるとぞ

投げられてある過去のわれ投げつけて切り拓くわれいづれ幻

ゆけどゆけどカフカの「城」にあらざれど到れぬ夢を繰り返し見る

まぼろしのわれかと思へど平群なる山を仰げば憂きこともなし

わが帰る平群の山の熊樫の歌を歌へと帰りなむいざ

帰りなむいざ熊樫へ苦しみの洞となりても心の充ちて

海苔食めば潮のかをり口に満ち高齢日本の新化を思ふ

初詣

むらぎもの心を抒べてあらたまの年の緒つなぐ賀状と思ふ

生命力ふり絞りたる蔦かづら血の一滴を滲ませてをり

初詣、身動きとれぬ人の波　今はよきかなしづけさ戻る

南無豊桜彦

春一番吹きつづけたりコート着て歩まむわれを笑ふ声して

春風やどこで鳴く鳥天上へ鳴きのぼる鳥木に隠る鳥

芝生にて鹿と弁当分けあひて南無盧舎那仏美味き日本を

山茶花やしつとり匂へ曇り空、南無盧舎那仏南無盧舎那仏

南無観と唱へて熱き修行僧修二会の籠もり不退の行法

梅一輪一人眺めてひとり飲むそれだけでよし春の夕暮れ

たどり来ていまだ山麓豊桜彦は聖武帝の名ぞ

爪

爪飛ばし切るとき昼の鬼（もの）のこゑもののけの音こぞりて来る

触れ得ざる人なればこそ触れたきにあり経て樹下にたたずむのみぞ

吉祥天と君の笑顔といづち行く六月六日はわが誕生日

光へと突き抜けてゆく闇の中、山中他界われは恋ほしむ

モンスターペアレントとふモンスターはわがうちに棲む父ならむかも

干渉干渉何ゆゑわれに襲ひかかり死にゆきたるか父といふもの

言霊日記

SNSにつながつてゐる誰かれを思ひてつづる言霊日記

しんしんと夜は更けゆき灯火にわれはひたすら本を読むのみ

枝ひとつわが心から生え出でて月夜の風に吹かれてゐたり

秋の藍

古里となりにし奈良の都にも炎暑来にけり草枯れにけり

夜の雨あけてさやかに秋来る思ひのたけを解き放たむと

かなしみの火矢するどくて月光に歌ひ出づ細き枝のごときが

さやさやと音立て揺れて竹林に風渡りたり明るみながら

まつすぐに空のぼりゆく龍のごとき雲あり秋の夕暮れ時に

秋の日に外国人も訪れる奈良町界隈にぎはひの家

移り気な蜂いそがしく蜜集め花から花へ渡る晩秋

天平の行列の中歌声は高くひびけり真澄の空に

藍染めの泡の銀河は溶けゆきてインディゴブルーに発光したり

夜のことひ

ベランダにテディーベアは干されゐて昔の娘見る思ひする

秋の灯に窓に映れる娘影ほほゑみかへす夜のことひ

ナプキンは白鳥となりわれを待つ翼広げて夕餉の卓に

ホロビッツ滅びに向かふ前の音トロイメライをひびかせたりき

小春日を日がな遊ばむ君とふたりひふみよいつみ夜に向かひて

奈良太郎の鐘ひびきけり金地螺鈿毛抜形太刀誉むるごとくに

奈良

東塔と西塔ふたつ並び立つ西の京の日麗しきかも

禽獣や松篁淳之描きたる奈良に都のありし歳月

四天王戒壇堂にいます日は天平時代と同じ空気ぞ

親子鹿睦まじくして茂吉の忌近づくならむ母を見舞はむ

蝶二頭戯れながら交尾する春深き日のコロナさびしき

民博に何の鳥かや鎮座せるコロナウィルス退散せよと

菅さんもまたよし東大寺参道に鹿しづしづと歩みゆきけり

クリムトの金の味はひ陶酔は眠るに似たり胎児のごとく

年の差

六十年の年の差なんて何のその孫に教はることばかりなり

三歳の知識も智慧もかがやきて祖父さんなどは出る幕もなし

祖父と孫並びて立てば夕焼けは輝きませり浄土に穢土に

こんなにも年の差なくてよいのかと自ら問ひて夕日拝めり

面白き孫かな楽しき遊びかな遊びをせむと生まれしものぞ

七十歳を過ぎてなほ早口に語りたり頭脳明晰体重八十キロ

棒銀を得意戦法としアマチュアにもプロにも愛されキャラのひふみん

大山、中原、米長とともに戦ひて戦ひ切りて破顔一笑

重戦車との異名をとりて盤上に駒打ちつけつ長考の勇

延々と読みふけりたり二時間の長考何か楽しむごとく

保山耕一氏に

雲海は生駒山にもありけりと映像に知る大和国原

ゆく秋の曾爾の薄は揺れながらさよならをいふ哀しみ深く

誰見るといふにあらねど紅葉かな東明寺山門朱く染まりて

和合亮一氏に

手を洗つても消えぬかなしみ、さびしさはタオルの生地に吸ひこまれゆく

風の子

古代より音と光はとどきたり正倉院の宝物の瑠璃

沈香木画の箱に見入れり光彩を放つことなき地味の味はひ

初冬の歌のごとくに風の音そを聴くわれは風の子太郎

電車降り風にまかせて歩きゆく風来坊と呼ばれてわれは

祈りの手固く結ばれその上に手を重ねたし冬の朝は

龍泉寺の水に映れる紅葉葉よ時に流れずしばしたたずみ

フルートは明朗にして里の秋銀杏黄葉とともにありたり

小春日に色新しき山河かなわれらも上着脱ぎて仰げり

落ち葉

死者の手もあたためてゐる街灯は光の腕を届けむとして

遠出して紅葉の雨を浴びて来し二人しづかに夜明けを待たむ

光の手繋いでゐるよ夜更けて街灯に拍手送る二人は

掲げたるワイングラスに暖炉の灯狭き門より入らずともよし

落ち葉落ち葉土に還る日自らを土に還す日楽しむごとく

落ち葉して朱雀も大極殿も暮れ途方に暮れてゐる日曜日

未来より来たる赤子に笑ひあり笑ふ赤子に未来は来る

常世

さやさやと音たて揺れて竹林に風渡りたり明るみながら

紅葉降るはらはらはらはらと石仏に秋竹林寺行基の御墓

月はいまはるけく広く照りてをり風澄み渡る海原の上に

灯ともりて電話ボックスあたたかし風泣く夜の闇の深さに

ははの国常世といひし折口のごとくに常世の母となるべし

エクセレント若きキーシンかがやけりラフマニノフのプレリュードにて

スプラッシュ活きのいい魚撥ね出でてランランのショパン英雄ポロネーズ

ヨットの帆ひとつひとつに光あり力あり風の由比ヶ浜沖

日のひかり障子に描く曲線はいたづら子猫の影法師かな

初春の鉄の匂ひの咳の味　苦しかれども今日を眠れり

賢治の森

疾風はビルの谷間に吹き渡りコートの襟を押して歩むも

忘れ忘れ忘れ果てたるわが身かなわが心のみわれを見つめて

注文の多き料理店開店す賢治の森は楽しく怖く

エレジー

和顔施とふほどこしありて苦しみのわれもまたする大笑微笑

大き息ひとつつきたり朝の山に向かひて君に挨拶をする

手の届くところにあらず君行きしみ空の彼方見上ぐるのみぞ

いまもなほ君の笑まひはうるはしく逝かしめし人と同じこころか

またわれに来る悲しみは朝立ちの君なき扉開けて入り来る

春日大社

わが恋も深く静かに湧き上がる峰に泉のあるを知りせば
潤ひに満ちたる君を鹿ととも待ちうけてゐる奈良人われは

白き馬見ゆるとふ人高貴かな日本列島梅雨の晴れ間に

二月堂より見ゆるや奈良の街並みを分かてば密は梅雨の晴れ間に

ひと思ふ時間にゐたり緑なす春日大社の長き参道

参道は産道に似て生まれたる日本の子供歌と俳句と

仁王像見上げてゐたり阿と吽をしかと聴きたり息するごとく

ひつそりと春日大社にしづまれる祠に参るわれらの影は

苔寺と呼びてしづけき秋篠の寺に参れば時溢れ来る

おほらかに八一の歌碑は立ちてをりおほき仏は天足らしたり

夕の影ふかまりゆけりをがみたる愛染明王しづけき炎

美しき山の嶺より香り来る青葉の滴口に受けつつ

夢殿に夢見るここち救世観音聖徳太子のかたちをなして

秋篠も人をらずして伎芸天ほのかに傾ぐコロナの春に

興福寺五重塔は聳えたり境内の鹿見守るごとく

大和には寺多くして訪るる人の少なき春もありたり

レクイエム

まともにはえ見ざるものいつまでもつひの住処に見てゐたきもの

まことときみはエンジェルであるいつもいまも連れだち行かむみんなのもとへ

まろき笑まひ得たりと思へどいかにいかにつかみ得ずして身は嘆きたり

いつまでも見てゐたきもの見たきものまことにきみは絵のごとくあり

いまもなほつなみのごとく満ちて来てますみの空に笑みてゐたるよ

いとほしくつらきは人の身の丈よまろき笑まひはえも言はれざる

悲報来て母に駆け寄る茂吉なり君に声かくることもなきわれ

沖縄

洞窟のはたてにデイゴの花咲きて戦のあとを赤くゆれゐる

手織られし宮古上布のかろやかさ肌にすずしく透けて見えたり

老学者声に力の漲りて戦争反対論展開す

夕映え

廃屋の数多ありけり最北の島に夏草繁く生ひたる

立山の山頂霧に包まれて神主の祝詞おごそかに聞く

天も地もうだる日差しに七筋の水しぶき見ゆ猿沢の池

振り返り振り返り見る蓼科山を夏の終はりの夕陽が包む

夏の夕べはやばや雨戸繰る家に閉ぢこもりの少年あるらし

夕暮れの障子に映る柿の葉の揺るるその音に秋風を知る

年ごとにひらくる町に消えてゆく赤詰草を摘みし国原

ひわひわと水辺に蝶の舞ひ落ちて花びらのやうにつと流れ去る

雨あとの草生匂へり一組の男女と小犬の過ぎし小径に

夕映えは波を打ち上げちりばめて一日をゆつたり祓ひて消えぬ

父子の思ひ

今年から釣りの楽しみ加はりて賢い魚と格闘して居る

足を洗ふきれいに洗ふことなどはできないよ今も生きてゐるゆゑ

鑑賞に耐へ得ざる青きわれのゐて立ち尽くす夜の爆心映画館

父に背く息子といふは苦しくていつの世も同じ背の高さなり

山行けば秋

芒野を振り返りつつ山登る曾爾高原の白き海原

山裾へ稲田は展け見はるかす大和国原黄金(こがね)色の穂波

秋日さす公園の道園児らの持つ籠の中に椎の実見ゆる

依水園の秋深みゆき池の面に映れる紅葉陽を浴びて冴ゆ

たちこめたるもやのはるかに明るみて山また山のかげ浮かびたり

音たてて木の実の落つる真夜の窓開くれば生駒山の灯見ゆる

カメラ持つ人コスモスにまぎれゆき夕光の中の風景となる

死者のゆくあの世の山よ月山は未だ斑雪(はだれ)を残して聳ゆ

空翔り車を駆くる出羽の旅芭蕉行脚のおくのほそ道

あゆむ

存在詞「あり」を思へば形容詞「なし」は所在なくてありなむ

一語一会、存在のありかに迫らむとことばの奥のことばを探る

東大寺学園にありし四十年、ひとつまとめて『華厳集』となす

不可思議の縁を思ふ思ひきや半世紀の間も東大寺にありとは

ロボコンに全国優勝なしたるは奈良高専の熱き生徒ら

教へられ学びてゐたる喜びの奈良高専の文学講座

ディスカバー、カバーを取ればあらはるる白骨死体、薔薇の名前が

断捨離

断捨離の最たるものは親なるか姨捨山の月を見てをり

春

梅の花紅にほふ人の辺にわれあらしめよ生駒嶺の辺に

降りくらす雨しづかなり街をゆく廃品回収車にも春来る

教員の日々

井出の道通り過ぎたり古今集巻二を思ふいとまもなくて

井出の畑に蜜柑を摘みて生徒らと喜び合ひし日々も過ぎたり

平群

わが住処平群の里に帰り来て吉野の山を仰ぎ見たりき

生駒山にきみを慕ひて仰ぎ見る吉野の山のけぶらふ大和

遠足とふ行事もありて生徒みなぞろぞろ歩む生駒嶺の道

ひたぶるに頂上めざし歩みたりいただきよりはひたすら下る

カンタ・タンカ

高の原中央病院神経内科に母の病状診てもらひたり

脳の異常特にはなくて一安心なぜに転ぶかわからぬ母よ

安寧の日々ならねどもひと日ひと日一歩一歩とあゆみつづけよ

カンタ・タンカ歌を歌へと待つらむか待つ人なしにただに歌へる

何待つといふにあらねど歌ひたり歌は心の澄みゆくよすが

櫟原会

奈良大和郡山にて生まれたれども産土の地を去りし二歳児

二歳にて平群の里にありしかば父祖の地に帰る喜びありけむ

野山駆くる少年のわれ今はなき平群東小学校生

二年時に担任の先生の病室を訪れき暗き時間のはじめ

平群には櫟原といふ大字ありて今も残れり豪族の里

鳴川や櫟原椣原梨本と樹の名の多き平群の大字

四年時に櫟原分校の子供らと机をともにし勉強始む

櫟原会とふ集ひをもちてゐたるとはつゆ思はざりき同窓の会

櫟原会はわが会ならずしかすがにわが会のごとくともに喜ぶ

夏木立春日野にあるイチヒガシ見上げてゐたり櫟原佐登志氏

豊聰(と)耳大愚聰と書き記しそこより空は明るみはじむ

散水の都市の道路よ夏草に朝の光はきらめき至る

平群櫟原

ふるさとの平群櫟原川流れ戻つてゆかう生まれる前へ

無一物の許由、ディオゲネス、夏の日に現代閑居論の中にをり

菊の香と苺古都華の匂へるは平群福貴畑（ふきはた）ビニールハウス

平群へと帰らむ形而上哲学と物理学とにわかれを告げて

四十年を閲したるかな奈良市にてひと生（よ）終へむか平群を思ひ

生駒嶺(ね)を常仰ぎ見る矢田山は隔てつ富雄平群のあひだ

富雄にて仰ぎ見てゐる平群にてあふぎゐたりし生駒の山を

向かう側に平群はありて帰らむよわが故郷へ墓のありかへ

金勝寺千光寺とぞ元山上、役の行者の修行のはじめ

夕日照る生駒の山ゆ流れ来る川ありてこそ人のかがやき

帰り来し平群の谷にわが本を寄せたりあすのす平群とふ家

わが父の主任勤めし分校は今図書館となりて久しき

あすのすなる図書館にあるわが本よ墓のごとくにかがやき初むる

平群なる公民館に平群なす茨木和生氏の講演を聞く

手

音響寺に鐘ひびきたり短歌なすとろんと深い私の沼

手のとどかざるところに君の手はありて少し待て夜のとばり深きに

重ねたる手と手と手と手振り切つて君はひとりで旅立ちゆきし

死んだ子の手はつめたくてあたたかく包めるものはわがうちにあれ

顔長きモジリアーニに励まされ胴体長き歌書きてをり

君の声もはや聞こえぬ夜の闇におおい月星われわれに語れよ

十代に逝かしめし人、六十代に失ひし君、黙したるわれ

いま君に言ふべきことは何もなしただ前を向き歩みゆくのみ

熊樫を髪に刺したりどこへどこへ向かはむとして身は立ち尽くす

こころとことば

台風に夾竹桃は揺れてをり夏の終はりの挨拶ならむ

鮮々(みづみづ)と重たき梨の実を食めば口いつぱいに広がれる秋

億劫のおくがうはいかにゆるやかにめんだうなわれの身の置きどころ

こころよでは行つておいでと重吉のごとく言ひたり生きがたき人

みんな弱い齢を生きて集ひたり平城歌会語らひの会

道の学び故実の学び歌の学び『うひ山ぶみ』の宣長の言

「結」ありて助け合ひたる昔かないま一人居の住処ただよふ

あるほどの菊なげ入れつ棺の中に君を残して立ち去りがたき

秘抄言ふ仏も昔は凡夫なり死ねば仏か凡夫のわれも

娘の子抱き上げてをり君とともに生きゆく日々は日々はいづみぞ

ブリリアント

ブリリアント・スプラッシュとふ英語ありそのかがやかさ跳ねる水音

行

怪々の奇々の政治の世界とぞ新聞開き行間を読む

以和爲貴

和をもちて貴しとなす聖徳の教へとともに生き来しわれか

いつの世も笑つてゐたしこの世なりし小林麻央の笑顔のごとく

ダウン症児の素敵な笑顔リズムとり踊る輪の中はじける笑顔

紅　葉

照り映ゆる古城の熾(さか)んな紅葉に大気も染まりわが肺も沁む

落葉樹は葉を落とす前あかあかと夕日に映えて眼にせまる

厄よけの土器（かはらけ）遠く飛ばす人を喜び合へり見知らぬ我ら

うす紅の蕾ひらきし冬薔薇歳晩の日日事もなく過ぐ

戦乱の武将好みし茶の湯とぞ心定まる初釜の席

七草の名を唱へつつ刻みをれば春の香りが立ちのぼるなり

ひたすらに連打ひびかす啄木鳥の小さな営み木魚とも聞く

雲上より漏れくる光散乱し人影絶えしバス停染むる

大寒過ぎ寂寥たるわが庭に山茶花ひとり赤い花散らす

ひと口に介護離職といふなれど象のごとかる母の足拭く

雹、霰、霙降るなり日本語の雨冠は音に満ちゐて

蛇口より水噴く朝の瞬間を年のはじめの情熱とせむ

冴え返り三寒四温いまだしも空の淡青、春の誕生

名講義

佐藤名人ＡＩ将棋に敗れたり発想の自在を問ふかつばめよ

藤井聡太四段の連勝止まらずて十四歳の力頼もし

ひふみんとふ愛称とともに加藤一二三引退す六十年

ひふみんも十四歳にて四段なりき六十年後に記録破らる

リルケの詩句「オレンヂを踊れ」ドイツ語に歌ひたまひき高安国世

軽快な「オルフォイスのソネット」好みしか短歌の人や高安国世

「ドゥイノの悲歌」重々しくて手塚富雄訳を好みしわが二十代

キーツ詩と大学入学後に出会ひたり松下千吉先生の声に

なめらかに英詩の魅力語りたる松下千吉先生偲ぶ

本来は万葉学を学ばむと佐竹昭広の講義に期しき

幅広く徒然・方丈記語りたり酒呑童子も佐竹昭広

酒飲まず酒呑童子を語りたるまたうどなりき佐竹昭広

身体から神秘思想が流れ出てノヴァーリス語る平井俊夫氏

ディオゲネス樽に住む人を語りたる藤沢令(のり)夫(を)先生楽し

ただ一度集中講義に聴きたりしバビロンの流れの森有正よ

哲学者藤沢令夫の名訳に酔ひたりギリシア悲劇オイディプス

立て板に水のごとかる名講義連歌のごとき島津忠夫氏

わが耳にひびきわたれる名講義四十年経て蘇り来る

母逝きて

母の死よ脈弱りゆき息絶えてひそけき夜半の病室となる

病室に死にゆく母と四時間をともにせしこと幸と言はむか

コロナにて面会ならぬ人多く最後に看取る幸を得たりき

心臓の弱きを永く保ち来てつひに停止となりにける母

家保ち来しか最後は鹿も象も寄りて見守る母となりたり

鹿走る春日野を走るわれもまた母より生れしものとして走る

春日野に風吹き渡る新緑の風の渡りを母とし聴けり

車椅子にての十年懸命のリハビリありてよく耐へしとぞ

朝食を作り続けて十年となりたり足の悪き母へと

父の死に遅れて十年誕生日迎へてすぐに逝きしか母よ

この世にて最後の息する四時間をともにゐたりき母なる人と

駆けつけて四時間をともにゐたりしが孝行となるコロナ隔離下

奈良彦

われもまた小さき奈良彦鹿の辺に寄りて聴きゐる春日野の風

生駒嶺の風に吹かれてゐるわれか小さき奈良彦なるか今こそ

草鞋履き行脚す令和山川の声聴かむとぞただに行脚す

母逝きて花の中なる奈良大和九十二歳の寿命全うし

母逝けり三月三十日午前零時脈なくなりて息も途絶えて

安らかに母死にたまふ午前零時わが看取りたる四時間の幸

花の中母の死顔のありどころ花に包まれ安らかにこそ

安らけき母の死に顔この世にし未練のなくて逝きたまふかも

卯の花や猛威をふるふ変異株遭はずに逝きし母の幸かな

咳きこみて苦しみし父のごとき姿見ずに逝かしむ幸ひとして

誤嚥性肺炎の苦とコロナ禍と遭はずに逝きたる母の幸ひ

苦しみの洞（うろ）となりてわが体いづこゆかむか奈良彦いづこ

さすらひて行脚の果ての雫なり岩清水飲むわれとしならむ

行く春やさらばと言ひて父母逝けりあとを頼むと手を差し伸べて

なべて地にもどさるるならむ死ぬること灰となりたる父母の辺

あとがき

『華厳集』につぐ第八歌集である。二〇一二年以降の作品をまとめた。

前歌集の最後には、東日本大震災が起こり、まもなく父が他界した。以降勤務とともに、母の介助に専念した。十年後、その母も他界した。そしてまた、従弟も失った。身のめぐりには、しかし、奈良大和の自然があり、深い歴史がある。それらとともに生きる喜びがある。それが本歌集に少しでも現れていれば幸いである。

前登志夫先生亡きあと、同人会員とともに歩んできたヤママユの日々。その結晶でもあり、総合誌やヤママユに発表した作品を集めて奈良彦とした。これはいわば奈良のこだまのようなものである。奈良大和および仲間たちに深く感謝したい。

このたびは京都の青磁社にお世話になることとなった。永田淳氏に心よりお礼申し上げる。装幀家の濱崎実幸さんにも感謝申し上げたい。

令和四年八月

櫟原　聰

ヤママユ叢書第157篇

歌集　奈良彦

初版発行日　二〇二二年十月四日

著　者　櫟原　聰（いちはら　さとし）
奈良市西千代ヶ丘二―一―二一（〒六三一―〇〇四六）

定　価　二五〇〇円
発行者　永田　淳
発行所　青磁社
京都市北区上賀茂豊田町四〇―一（〒六〇三―八〇四五）
電話　〇七五―七〇五―二八三八
振替　〇〇九四〇―二―一二四二二四
https://seijisya.com
装　幀　濱崎実幸
印刷・製本　創栄図書印刷

ISBN978-4-86198-547-8 C0092 ¥2500E